令和川柳選書

半人前のマリモ

伊藤聖子川柳句集

Reiwa SENRYU Selection

Ito Satoko Senryu collection

新葉館出版

令和川柳選書

半人前のマリモ ■ 目次

令和川柳選書

半人前のマリモ

Reiwa SENRYU Selection 250
Ito Satoko Senryu collection

第一章　川

「生きてるか？」明日も揺さぶられるマリモ

ブランコを停めて家族という演技

四つ折りに畳んでおいた罪と寝る

飛び込めば終わるだろうか夜の海

傷つけば傷つけ返すガラスかな

駄菓子屋のように並んでいる薬

替え芯は裸のままで待たされる

かりそめの足を崩している人魚

信号は青へ　うさぎ消えていた

明日は来るラーメンの汁飲み干した

身の細る思いで人は肥えてゆく

高望みしすぎて沼に住んでいる

気を抜くと瞑想し出す落葉樹

まだ少し期待しているパンの耳

蒟蒻をごまかすように呑む夜食

母からの自立　翼をお取り寄せ

踏み台を間違え野望だけ残る

ザクロの実　産まぬ女の痛みあり

ハリネズミ棘の数だけ穴を持ち

引き抜けばキョトンとしてる五寸釘

次の日は曲がるヨロコビ百足の目

余所行きのコトバ縦に縦に縦に
じゃじゃじゃじゃじゃーん爪を伸ばした伝書鳩
許さないそうだこの感覚なんだ

ワダカマリそーっと乾きますように

死にそうな男飼う増税前夜

Gショック今更何を畏れてる

新しいココロでずっとまだ迷子
鮮やかに赤札を着け誕生日
鞠をつく子供ウソつく大人へと

嘘ついた量だけ光る熱帯魚

空火照り飛ばないタメの羽がある

法に触れたくて万引きしたシール

クリスマスローズ噂の外側で

デブはだらしなく見えますかグズマニア

献花台　葉っぱも花も生きている

抜け道を見つけた楽になってきた
角砂糖ほどのプライド落ちていた
桐生織のブックカバーに合う詩集

お客様気分　読めない地図の中

斑雲　断る術を教えてよ

私はペンキ塗りたて寒夕焼

宇野千代の文庫ギュウギュウ詰めの幸

処方箋わたしにはもう春しかない

四十代ラストスパート九十九髪《つくもがみ》

刺すことも考えている金平糖
油断してるから舞い降りるト・モ・ダ・チ
刻まれて折り合いがつく躾糸

分かち合う人がいなくて太りだす

口パクでかまわないのに歌い出す

題名をつけてしまって光り出す

妬まれるのも面倒ねカラスウリ

ルーレットざわざわ廻り出すア・シ・タ

自分史が十七音で足りちゃった

頑張って倒れちゃったよ門構え

蝶結び解く病を解くごと

乾かないインク　閉じられてく絵本

丘になる時にヒラケバイイ悟り

蛤にナイショの話　喫煙所

おいでおいでであったかい手だドロの夜

生ぬるいボクにはボクの風が吹く

屈伸をしながら大穴狙うカギ

やさしさがいたい　マーボー豆腐の香

おとといの訃報　真綿のずっしりと
思い出も2時間弱で切り上げて
最愛の人に一夜の雪が降る

雲掴む話聞かせてカウボーイ

乾かない水墨画　待ってるからね

居留守しているのに誰も来ないなあ

痛みなど感じる暇もない剣
病んでから人生らしくなってきた
病窓に刃　夕日に追われてる

ぬるぬるのねこになっても会えますか

濡れる度強く自由になり破滅

もう光らない星たちが生きる沼

ていねいに世界をぼかす琥珀色
暈かすのは最後と凍て雲は強気
礫の星撫でながら消える雲

指先がいつもの夜を探してる
恋ばっかしてんじゃねえよ　歌謡祭
ためらいを包んで置いてあるガーゼ

耳に貝当てて呼び出す丸い海

思い出をギュッと我慢してるカヌレ

まだ冬じゃないから少し泣けますね

Reiwa SENRYU Selection 250
Ito Satoko Senryu collection

第二章　会

努力って贅沢なこと　浮くマリモ

花になり裏切り者になりました

ずっとずっとあなたの橋になる覚悟

敵は皆死んでしまったひとり鍋

リムジンバスの揺れはララバイ

運命の出会いばかりで忙しい

ハイヒール脱いで近道知りました

友だちがいない友だちだけが友

大丈夫じゃないと言えば良かったな

非常ベル止めた交差点の柳

粉々の名刺『聖』に耳と口

雨が好き生憎なんてないんだよ

急かされて仕舞うヨロコビ紙芝居

「光るだけ損よ。」と話し合う金貨

偽善者が架ける「頭上注意」の虹

ミスコンの襷にだって脂汗

処女牛のスペシャルランチ喰ふふふふ

束子泣く「自分磨きがしたいの。」と

好きな色だけを塗る日がやってきた

薄墨は滲むよ破門され自由

溶けてゆく夏のカプセル肌の色

やさしさを渡り歩いたはず鸚鵡
強くなるために捩れた綱である
ワタクシノ音符を謳歌してる蟻

綺麗事並べ続けろへビのべロ

真空の鏡餅無期懲役か

寄り道も大事にしたい赤ずきん

まだ仮面浪人してるカタツムリ

抜け駆けはズルイよ甘いシュガーレス

ホメられて伸びてしまった五寸釘

新しい愛が飛び出します注意

盛夏からずっと仕舞ってある朝日

レンズからコボレタ日本語のかほり

咲き誇るため匂うニセモノ
真ん中にいる人はウルサイ
手づくりだから何だクッキー

靴音が届けてくれる忘れ物

秘めごとのように家族へ感謝の句

フクロウの胸に散骨した銀河

ボクの白夜にキミが渋滞
暗い過去へと降らす金粉
君からの切手二時間舐めてます

イントロで終わるわたしはわらべ唄

荷物には荷物の意地があり深夜

冬のバラ一筆箋が五十枚

朝の風呂場に入る雨音

本当は上を狙っていた雫

歯が痛いこと食べて忘れる

猫ヲ飼ウ為Ⅱ男ヲ引ッカケル

不燃ごみ決着はまだついてない

不本意な着地成功試験管

深爪のひとは優しいひとばかり
パレードの向こう側　あなたの家族
来週の約束ぜんぶ白がいい

錆を読む毎にちちくび変化する

抜け出してキミに逢いに来たよ白夜

北風に入れ知恵された落椿

割れそうな風船の番してる軒

今　開封された野原の湿り加減

炎天に膨らむペテン師の木陰

『星月夜』病む画家たちの描く空

これでいいのだ　これがいいのです

百年も生きる気力を問う日本

ゴキブリの美し過ぎる喉仏

そよ風の通る毛穴がありました

焼き芋を包むパンダの死亡記事

きらいってずっと告白したかった

誉めコトバみたい　ワルツが終わらない

挨拶をしようか揺れるフラミンゴ

辞書を読む　取り残されていたいです

「奥様。」と呼ばれ腐っていく林檎

反射することなく割れることもなく

強く書くそうなるように強く書く
また会おう⁈大人の嘘ははがき大
磨かない石が大事に運ばれて

筆で書く少し重みの欲しい嘘

お生憎サマと北風ピーヒャララ

ガラクタは我楽多を呼ぶ化粧箱

涙することで浄化が出来るはず
非常口あたりで燃えている野心
「幻を始めました」と貼っておく

深爪で夢枕立つ父の足

受けとめて欲しいあたしは玉子です

タマシイもロープごと売りました　春

Reiwa SENRYU Selection 250
Ito Satoko Senryu collection

第三章 記

浮き沈み激しマリモも百年か

百年もニュースのままである魚拓

傷つけてやる百歳と当ててやる

ニセモノノコトバ響カセ菓子ノ箱
絵てがみの嘘に泣きそうな黄昏
祈るべきこともなくした水中花

困るのは最後のページじゆうちょう

自立すること許されぬ試験管

ロボットの泣いたジャングルジムの夏

カタカナでしゃべると若い気になれる

縞々の爪に収まる下心

通帳の隅で発芽をしてるゼロ

勝因は光っただけと飛ぶ螢

格上げのために振り掛けてるシャネル

鶴を折るダイヤ乱したその人へ

オテヲシロ男オカワリシロ男
ヒトリポッチ知らないままの乾電池
楽し気なボクを視ている地獄絵図

鍵穴のもやもやきっと秘密基地

優しさと美の両立へつくしんぼ

選り好みばかりでキレイごみ袋

立つ度にいつもリーチのかかる台

私は自己採点の自由形

袋とじキレイに開いていた遺品

また被疑者『聖』の名前新聞紙
最中には最中の事情形而上
浮き浮きしてる湖底のハーモニカ

触角で探す咲《わら》える不幸せ
貯金箱追加生命線追加
傷ついたミラーに朝が歪んでる

濃い眉毛誰も傷つけたくはない

働けぬ身にも勤労感謝の日

ガムテープ伸び絡み付く猫の恋

自動ドア開けて花蕊《かずい》踏み娑婆の空

毒キノコ性善説で生きていく

犬以外みんな犬みたいな顔だ

分かり合えない花と草花

赤と黄のシールが泳ぎ出す深夜

不束なコトバも流し深夜便

それぞれの鯉のぼりそれぞれに空
巣に帰るまでの四時間半の愚痴
シットする者へ幸あれ束子のコ

心臓の音を響かせ馬の骨

中止だと叫ぶノルウェーの絵葉書

おべんじょに建《た》った竜宮城の窓

ちりがーみこーかん回る回る時代《とき》

初めての全没ひひひ川柳忌

川面とは楽譜　連弾する柳

金太郎飴にアマビエ下宿中

ふくろうが闇夜にルビを振っている

バライカ流す匿名のマスク

否と言うために生き抜くヤブレガサ

喫煙所すみっコにいる羊飼い

ミミズ文字消去ホワイトボード初夏

五十歳騒ぐほどのもんじゃないか
もう途中下車しないで秋桜
堂々とおばさんとなればいいな

空白が一番だった書道展

人力車ハルの火花と星が乗る

トイレットペーパーだけに写経する

堂々とゴシック体で生きてやる

思い出をそっと品定めの愁思

紫の魚の舌が飛ぶ夜空

わからないことがいっぱい明太子

鍋底の沈黙破る鉄火巻

本当のことは隠してエビフライ

神サマが通過するはずだった穴

振り出しに戻る気力が問われてる

聖子さんへ天使が降りたサイン会

逢うたびに剥げるメッキが美味ですね
カスミソウ面会は家族のように
お宝にされ消えかけたはぐれ雲

化け猫のキミと恋とか始めよか

踊り場でちょっと休憩する涙

いつだって天は自作自演　雨

アフォガートゆるやかなキミの遺言

ありがとの一言　自動ドアの風

満月は仮の姿と照れている

聞き耳を立てて眠っている木魚

戒名《かいみょう》を一字減らして倹約し

自分史は未完　ピークを待っている

しあわせを知ってふしあわせを知って
少々の毒は混ざってしまう愛
五十歳越えて未練が毒となり

あとがき

百年かけて一人前になると言われるマリモ。

タイトル「半人前のマリモ」のマリモは、ずっと生きづらさを抱え、尖ってきた五十歳の私自身です。

まだまだ人生これから、という希望を込めました。

引きこもりのわたしを母が川柳教室へ連れ出したのが十五年前。

誰にも自分の孤独や辛さが分かる筈がないと、固く身構えて、ひたすら作句をし続けました。

気付けば、変わり者のわたしが発したコトバをしっかりと受け止めてくれたのが川柳でした。

「発想のユニークさ」

「丸く収まらなくてもいい。文芸において、その個性は武器になる」

そう激励、ご指導くださったのが、現代川柳「かもめ舎」主宰の川瀬晶子先生でした。

四十九歳の夏、忘れられない出会いがありました。人との出会いと別れは、偶然と必然が交差し合うものでしょうか。

矢部慎二氏との交流は、濃密で刺激的でありました。プロデューサー経験のある矢部氏は「五十歳を迎える覚悟と、奇才である伊藤聖子の作品集」を提案。夢の実現に向けて走っていた最中、矢部氏は病に倒れ、句集出版を待たずに旅立ってしまいました。

悲しい別れに発刊を諦めかけましたが、矢部氏が天国で、句集をニコニコ頷きながらページをめくる姿を想像し、我が身を奮い立たせて完成させました。

この本は初めての句集です。本を出すことが私の夢でした。

心身共に不健康で、何をやっても長続きしない中途半端のダメ人間。でも、生きてさえいれば、夢は叶うと証明してくれた一冊です。

この句集を手に取ってくださる全ての方の夢が叶いますように。年齢やあらゆる障害を理由にやりたいことが出来ない人がいなくなりますように。

二〇二三年五月吉日

伊藤聖子

●著者略歴

伊 藤 聖 子 （いとう・さとこ）

1972年7月31日生まれ。B型。

神奈川県川崎市在住。

尊敬する生き物は猫とマリモ。

今から15年位前、母に連れて行かれた教室で川柳と出会う。川柳が好きというより、文字を書くことが好きで続いてきた。川柳アーティストとして、フォト川柳や川柳書や川柳コラージュ作品を制作している。

現代川柳かもめ舎会員、 川柳マガジンクラブ十四字詩句会に参加。

令和川柳選書

半人前のマリモ

○

2023年 6 月24日　初　版

著　者

伊　藤　聖　子

発行人

松　岡　恭　子

発行所

新 葉 館 出 版

大阪市東成区玉津1丁目9-16 4F　〒537-0023

TEL06-4259-3777㈹　FAX06-4259-3888

https://shinyokan.jp/

○

定価はカバーに表示してあります。

ISBN978-4-8237-1104-6